LETTRES DE SURVIE
CONCOURS PAULINE-CADIEUX 1994

Les Editions Humanitas sont inscrites au Programme de subventions globales du Conseil des Arts du Canada

Ce recueil a été publié grâce à la collaboration de:
- Gouvernement du Québec — Ministère de l'Education
- Centre régional des services aux bibliothèques publiques
- Ministère de la Culture et des Communications
- Les Caisses populaires Desjardins de la Gaspésie et des Iles
- Fédération des Caisses populaires du Bas Saint-Laurent

Les textes sont illustrés par:
- Judith Paquet pour Audace Design, Ste-Anne-des-Monts
- Germain Lafleur, Caplan, artiste multidisciplinaire
- Normand Desjardins, New Carlisle, graphiste impressionniste
- François Miville-Deschênes, Bonaventure, graphiste
- Véronique Bélanger, Maria, étudiante en arts
- Maryse Brunelle, New Richmond, graphiste
- Nathalie Boissonnault, New Richmond, graphiste

L'illustration de la page couverture: *Entre l'atome et le cosmos* Yves Gonthier, artiste concepteur visuel, Maria

Jury:
- Paul Lemieux, responsable service à la clientèle, Parc de Miguasha
- Isabelle Leblanc, enseignante
- France Beaulieu, critique
- Marie Beaulieu, professeure
- Louis Pelletier, directeur Radio-Canada Matane

ISBN 2-89396-102-9

Dépôt légal - 4e trimestre 1994
Bibliothèque nationale du Québec
Bibliothèque nationale du Canada

Imprimé au Canada

5780, avenue Decelles, Montréal, Québec, Canada H3S 2C7

LETTRES DE SURVIE

CONCOURS PAULINE-CADIEUX 1994

QUAND LA CULTURE SE LIVRE...

Dessin par Nathalie Boissonnault, New Richmond, *graphiste*

Pour une troisième année consécutive, on me demande de présenter les textes retenus par le jury pour le prix Pauline-Cadieux. Pour une troisième année consécutive, cinq concurrents verront leur texte primé.

Sont-ils jeunes, moins jeunes? Pour l'instant, on ne sait pas, mais ils sont différents des récipiendaires des années passées, du moins par leur texte, tout comme ceux de 1993 étaient différents de ceux de 1992.

Chaque personne, dans la vie, réagit selon sa formation, son caractère, sa vision de l'avenir, son expérience du passé, même lorsqu'elle désire, anonymement, raconter une histoire, si courte soit-elle.

Nos concurrents de 1994 reflètent-ils, sans s'en rendre compte, ou peut-être même, justement, pour en témoigner, l'époque que nous vivons, ou empiètent-ils sur un avenir tout proche, qu'ils perçoivent si différent?

Leurs textes provoqueront certainement beaucoup, beaucoup de discussions, et c'est tant mieux, pour notre équilibre littéraire, moral, esthète et même physique.

Public, bonne lecture, si tu daignes nous faire parvenir tes commentaires, nous les apprécierons.

PAULINE CADIEUX

LE MOT DU PRESIDENT D'HONNEUR

Tu es la lettre du mot
Le verbe de la phrase
La tige du rameau
La pousse qu'on transvase
Dans tes yeux tu as de l'indien
Dans le sang du jersiais
Dans le cœur beaucoup de malouin
Et tu as l'âme d'un Irlandais

G.B.

La culture, si vous me permettez cette comparaison, comme le bon vin prend le goût du terroir. La nôtre, venue de France, a mûri ses arômes au contact des prés, des barachois, des buttes, des montagnes, des lacs, des rivières et de ce grand golfe qui tantôt caresse les dunes de la Madeleine, tantôt se fracasse sur les caps de Guespeg. Elle s'est charpentée en accompagnant les pêcheurs, les forgerons, les mineurs et les bûcherons dans leur survivance quotidienne. Elle s'est corsée d'accents et de patois dans le brouhaha des cuisines de dix-huit à table. Elle s'est arrondie et adoucie en suivant ces femmes de la mer, du berceau à la noce. Elle s'est étoffée aux sons des glas et carillons et chaque fois qu'une poétesse ou un auteur étale des mots qui chantent dans sa langue, elle revêt sa robe vive et brillante. QUAND LA CULTURE SE LIVRE, il faut la prendre et la vivre.

J'aimerais féliciter tous ceux et celles qui ont eu l'initiative de créer cet événement qu'est le Salon du livre de la Gaspésie et des Iles-de-la-Madeleine. A ceux et celles qui, aujourd'hui, avec des moyens modestes, continuent à faire de cet événement un tremplin pour nos auteurs et auteures et une fenêtre ouverte sur le monde du livre, BRAVO! Cette quatrième édition est la preuve de la vivacité culturelle des Gaspésiens et des Madelinots.

Les sandales sur le Plateau Mont-Royal
Le cœur dans la Baie-des-Chaleurs

GILLES BELANGER
Président d'honneur du Salon du livre 1994
Montréal 14 septembre 1994

ENTRE L'ATOME ET LE COSMOS

Comme nous écrivons sur les pages de papier, nous pouvons imaginer et voir, écrit sur les feuilles des arbres, l'histoire de la vie et de notre présence sur terre.

Sur des milliers de feuilles se livre notre culture issue de l'atome et du cosmos. François Jacob disait: «La matière est une parole extraordinairement intelligente et complexe». Nous vivons par et dans ce langage qui comprend les cent milliards de soleils de notre galaxie, la Voix lactée et aussi les cent milliards d'atomes composant ou écrivant une feuille. C'est cette forme de communication qui nous crée.

Ma peinture sur toile intitulée «Entre l'atome et le cosmos» représente quelques lignes, comme un fragment poétique, d'un texte très ancien et toujours présent: notre grande Histoire universelle où l'humain est un pont entre le monde créé et le Créateur, entre la matière et la lumière.

Le sentiment merveilleux d'appartenance que nous éprouvons avec la nature nous porte à être à l'écoute et à éveiller nos sens pour percevoir avec plus d'acuité une intelligence du temps et une conscience dans la nature.

YVES GONTHIER,
artiste concepteur visuel

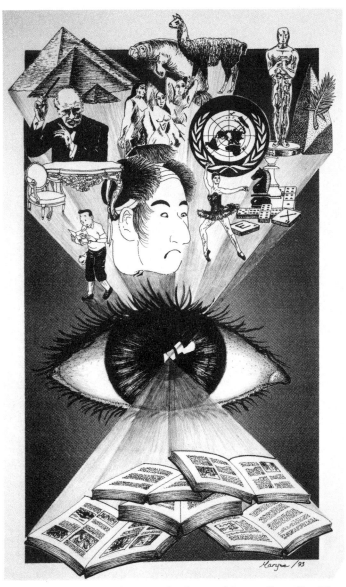

Quand la culture se livre..., dessin par Maryse Brunelle, New Richmond, *graphiste*

QUAND LA CULTURE SE LIVRE...

Un de mes professeur disait: «La culture, c'est ce qui reste quand on croit avoir oublié tout ce qu'on a étudié». Pour moi, la culture c'est une foule d'images, de mots, de connaissances qui sont enfouis dans ma mémoire et qui n'attendent qu'un déclic pour se présenter.

Comment puis-je voir dans ma tête des paysages d'Europe ou d'Afrique sans y avoir jamais mis les pieds? Comment puis-je connaître certains faits de la carrière d'Arturo Toscanini alors qu'à ma naissance, les derniers accords de son orchestre s'éteignaient en même temps que lui? Et comment puis-je savoir ce qu'est le Kabuki ou ce qu'est un lamantin, sinon par les livres?

C'est par eux que j'ai acquis les connaissances (peut-être éparses et fragmentaires) qui constituent, ce que je nomme, ma culture. C'est ce qui m'a inspiré pour imaginer le thème: «Quand la culture se livre...» Et c'est à dessein que les points de suspension sont là, car, on ne peut prévoir les trésors qui apparaissent quand la culture se livre... C'est aussi avec cette vision en tête que j'ai conçu l'illustration qui accompagne ce thème.

La lecture de ce dessin peut se faire de haut en bas ou de bas en haut, ce qui en change la signification. Dans un sens, les connaissances, la culture de *celui qui a vu* s'emmagasinent dans les livres, ouverts, pour que d'autres en profitent. Dans l'autre, les livres transmettent à *celui qui regarde*, les connaissances qui feront sa richesse.

L'œil, prédominant, central, imposant, représente à lui seul, toute l'intelligence humaine, la fenêtre de la mémoire et le sas par lequel se glisse le savoir.

MARYSE BRUNELLE,
graphiste

Dessin par Véronique Bélanger, Maria, *étudiante en arts*

KATY QUEVILLON

VERT CRI
NOUVELLE

LAUREATE DU PRIX PAULINE-CADIEUX 1994

Illustration: VERONIQUE BELANGER

Hier soir. Je revois encore ses cheveux clairs, éparpillés autour de son visage à demi dissimulé sous une branche d'arbre. Sa longue crinière en désordre et parsemée de brins d'herbe qu'elle n'a pas osé cueillir, mais qui se sont quand même retrouvés épars parmi les mèches folles, on ne sait trop comment.

A sa demande insistante, nous avions pris une marche derrière la maison familiale, à travers les champs. Elle tournait en rond dans sa chambre depuis la fin de l'après-midi et ressentait le besoin maladif de décompresser. Elle l'a fait avidement, couchée à plat ventre dans l'herbe, le visage englouti par des flots de verdure, à respirer goulûment une odeur musquée.

Elle a humé toutes les feuilles des arbres alignés en bordure des plaines, s'arrêtant à chaque nouvelle espèce que nous croisions, fourrageant dans les branchages et collant son nez aux feuilles, laissant parfois en souvenir à ces plantes un long fil blond ou roux accroché dans leurs doigts avides de la saisir. Se faufilant habilement entre eux, elle a respiré plus de chlorophylle que d'oxygène.

Elle a ri lorsque j'ai tenté de l'imiter discrètement. En fait, c'est devant mon air dubitatif (je ne sentais strictement rien) qu'elle a éclaté en mille sourires sonores.

— Mais non, tu ne sentiras rien comme ça! C'est le *derrière* des feuilles qui sent bon, pas le devant!

Ah? Bon. J'ai dû froncer les sourcils. Elle a haussé les épaules en me serrant contre elle avec une moue compréhensive, hochant la tête comme si j'étais une enfant sceptique devant une découverte scientifique inouïe. Le derrière des feuilles.

Le pire, c'est qu'elle avait parfaitement raison. Lorsque, sous son regard inquisiteur, j'ai soumis mon nez au revers d'une feuille d'érable, un charmant parfum a envahi mes narines que je croyais insensibles. Mon air ébahi l'a encore fait rire et elle m'a traitée d'incrédule et de *Thomas* en sautillant partout autour de moi, un doigt pointé vers le milieu de mon visage. Je ne me souviens plus si j'ai eu envie de m'en amuser aussi ou de me fâcher.

Tandis que je la suivais de mon mieux, elle s'est ensuite mise à courir éperdument, les bras ouverts et la tête renversée en arrière. On aurait dit qu'en innocente prédatrice, elle allait saisir la nature entière entre ses mains d'un instant à l'autre, après l'avoir poursuivie dans une chasse folle.

J'ai eu beau lui crier de s'arrêter, lui redire mille fois que je ne pouvais plus la suivre, elle a continué sa poursuite effrénée, sans aucune considération pour mes pauvres jambes. Les siennes semblaient voler au-dessus des herbages, comme si le vent l'avait prise aux chevilles et la portait de plus en plus vite au gré de son humeur. Moi, maladroite créature terrestre titubant dans son sillage, je sentais mes muscles brûler et chacun de mes pas, bien qu'amortis par le sol malléable, résonner contre mes tempes ruisselantes.

Lorsqu'elle a enfin épuisé ses réserves d'énergie, j'étais loin derrière, haletante, et je ne l'ai rattrapée que beaucoup plus tard, même en trottinant. Elle marchait tranquillement près d'une haie, les joues roses et le front couvert de sueur, mais son souffle déjà redevenu régulier contrastait avec le mien, saccadé et brusque.

— Tu aurais pu m'attendre! Je ne pensais jamais te rattraper! Une vraie gazelle!

Elle n'a pas semblé m'entendre. Ses yeux fixaient un immense chêne, à quelques mètres devant nous. Son champ de vision, aussi bien que le mien, s'avérait rempli par les innombrables bras noueux de l'arbre. Sans s'occuper de moi, elle s'est approchée de lui, si imposant, et a tendu les mains, comme si elle retrouvait un ami de longue date. Geste confiant et exécuté avec tellement de candeur que je me suis presque sentie de trop devant une telle intimité.

Lentement, presque par dévotion, elle a caressé le tronc plein d'aspérités, joint ses pieds menus aux racines massives et pressé longuement son corps frêle contre la solidité du bois. Sa peau fine sur la rugosité de l'écorce m'a fait penser à de l'eau baignant une falaise de galets inégaux.

Je n'en suis pas certaine, mais je crois qu'elle a murmuré quelques paroles mystérieuses, la bouche pressée contre les rides du grand chêne, comme si elle confiait un secret à une quelconque oreille invisible au commun des mortels. Je n'ai pas eu le temps de comprendre ni de m'assurer qu'elle parlait réellement, parce qu'elle s'est détournée de l'arbre et, comme à regret, est venue me retrouver.

Sans rien me dire ni me regarder vraiment, elle a pris ma main. Ses doigts brûlants tremblaient entre les miens. Nous avons marché en silence quelques minutes, ramenant nos pas vers un sentier connu. Dès que nous l'avons atteint, elle s'est étendue sur le sol et a suggéré de nous reposer quelques instants, avant de retourner dans l'atmosphère suffocante de la maison.

Après une minute de silence, elle m'a prise dans ses bras et m'a dit:

— Regarde les nuages. Il fait déjà noir, mais on les voit quand même. Ils ont l'air fluorescents. On doit aussi pouvoir les sentir, si on fait bien attention.

Même habituée à ses lubies, je n'ai pu m'empêcher de sourire légèrement. Pourtant, devant son air sérieux, je me suis concentrée et l'ai suivie dans son projet fantaisiste. Les yeux mi-clos, elle tendait son visage au ciel et emplissait ses poumons de nuit.

— Ça sent bon, tu ne trouves pas?

Encore une fois, elle mettait mon odorat

approximatif à l'épreuve. Je respirai profondément, plus pour lui faire plaisir que pour vérifier sa théorie extravagante.

J'ignore s'il s'agissait vraiment de l'odeur des nuages, mais oui, l'air était délicatement parfumé hier soir. Comme elle se plaisait à le répéter, ça sentait vert. A cette époque de l'année, seules quelques fleurs sauvages résistent encore à l'envie de se faner, mais les arbres ont conservé leur couleur estivale. Le rougeoiement de l'automne ne les habillera que dans quelques semaines et certains arômes de juillet survivent encore à septembre. Je crois qu'ils ont bercé nos sens durant plusieurs minutes avant qu'elle ne décide de rentrer.

En empruntant le sentier qui court jusqu'à la route, nous sommes passées près de la fraisière du voisin. Bien sûr, les fruits sont cueillis depuis longtemps, mais le lac artificiel qui sert à les arroser pendant leur croissance est encore haut. Sans me prévenir, elle a enlevé tous ses vêtements sur la berge et a plongé dans les eaux noires.

— Mais qu'est-ce que tu fais? Reviens, tête folle, reviens tout de suite!

Elle s'éloignait rapidement de la rive et

j'entendais le battement agile de ses jambes dans l'eau. Elle a soudain tourné la tête et m'a crié:

— Anne, il fait bon dans le lac! Je n'ai pas froid et j'entends les grenouilles se parler entre elles! Je vois le ciel se refléter sur ma peau; je vais bientôt posséder le parfum des nuages que nous avons sentis!

— Chérie, reviens! Je te crois, mais reviens! Je n'ai pas appris à nager, tu le sais bien! S'il fallait qu'il t'arrive quelque chose!

Elle a encore éclaté de rire et a soudain toussé, s'étouffant avec une vague qu'elle n'avait pas vue venir.

— Hélène, reviens, tu vas attraper ta mort!

Je ne croyais jamais si bien dire. Elle a continué à tousser, comme une tuberculeuse, tandis que j'avançais nerveusement vers le lac, jusqu'à sentir l'humidité sur mes pieds chaussés de sandales.

— Hélène? Hélène!

Elle n'a jamais répondu à l'appel de son nom. Je voyais ses bras s'agiter autour de sa tête en maladroites éclaboussures et ses longs cheveux l'entourer de près comme une talle d'algues. Soudain, je l'ai entendue gémir faiblement à travers deux quintes de toux, comme si elle quémandait une obole. Je me suis précipitée dans le lac, debout et tout habillée, mais dès que mes pieds ont senti le fond se dérober, j'ai dû reculer, en proie à ma phobie habituelle de l'eau.

— Hélène! Hélène! Au secours, quelqu'un, au secours!

Trempée, le corps secoué de sanglots, j'ai hurlé son nom à travers la nuit, encore et encore. Je voyais ses bras battre l'eau à quelques mètres seulement de moi et j'entendais le bruit obsédant des vagues que ses spasmes créaient. J'ai hurlé jusqu'à ce que je n'aie plus de voix.

Puis, je ne l'ai plus vue du tout et un calme horrible est revenu sur le lac: plus de rides, plus de cris, plus rien. Alors seulement, je me suis précipitée devant moi, tendant les bras comme une aveugle, me fichant complètement de perdre ma vie avec celle de ma sœur. Suffocante et empêtrée dans mes vêtements, j'ai tenté de m'approcher de l'endroit où elle avait coulé, pataugeant plus que flottant.

Si mes souvenirs sont exacts, je me noyais à mon tour lorsque j'ai senti deux bras vigoureux me tirer vers l'arrière et rendre mon visage à l'air libre que je croyais bien ne plus jamais ressentir dans mes poumons. Le premier mot que j'ai pu articuler, à travers mes râlements, a été le nom de ma petite sœur.

*

La première pelletée de sable a été jetée sur la tombe blanche. Je dois être aussi pâle que ce bois-là, mais Hélène, qu'on ne voit plus à présent qu'ils ont fermé le couvercle, était d'une couleur tout à fait immaculée à travers le satin et les couronnes de fleurs.

Tandis que des hommes inconnus comblent le trou, ma mère me serre dans ses bras et pleure doucement. Moi, je n'ai plus rien: plus de larmes, plus de force, plus de voix. Je suis engourdie et lourde d'eau vaseuse, comme si je m'étais enfoncée dans les algues au fond du lac avec Hélène.

Je fixe obstinément le couvercle clos du cercueil avant qu'il ne disparaisse complètement sous les poignées de terre brune. Je ne peux pas croire qu'elle soit partie si vite et que tout le vert qu'elle avait senti ne l'ait pas maintenue en vie plus longtemps, même sous l'eau.

— Hélène, seras-tu plus heureuse maintenant, endormie au milieu des racines au lieu de courir entre les branches? Est-ce que le dedans de la terre sent aussi bon que le derrière des feuilles?

Alors, pour être certaine que ma sœur n'oubliera jamais le parfum de notre dernière promenade dans l'air confiné de sa boîte minuscule, je me précipite au milieu des pierres tombales et j'arrache plusieurs feuilles à un peuplier. Ce n'est pas un chêne, mais elle comprendra...

Sous le regard inquisiteur des gens, je jette le bouquet dans le trou en murmurant:

— Tiens, Hélène, du vert, plein de vert. Je le sais, que ça sent bon, maintenant. J'ai compris.

Le voisin, qui nous a toutes les deux repêchées de son lac, mais l'une beaucoup trop tard, vient vers moi en pleurant et me tire doucement par derrière. Ma mère me reprend ensuite dans ses bras et me ramène vers la voiture en me tenant serrée contre elle, comme si elle avait peur que je disparaisse soudainement, avalée par la terre.

Tandis que l'automobile nous reconduit, un projet fou germe dans mon esprit: ce soir, à l'insu de tous, je retournerai dans les champs et je marcherai vers un certain chêne pour lui parler de ma sœur. Si elle vit là-haut, dans les nuages, son parfum descendra le long des branches jusqu'à moi et je saurai ainsi qu'elle existe encore. Je n'aurai qu'à coller mon visage contre l'écorce et à me tatouer les ridules du vieil arbre sur la joue pour communiquer avec Hélène.

J'ignorerai à jamais quel secret elle a bien pu lui confier hier soir, mais dorénavant, je prendrai sa relève de mon mieux. Elle savait que le derrière des feuilles sentait bon et elle croyait que son chêne possédait une oreille. Je vais y croire aussi.

KATY QUEVILLON

Dessin par Judith Paquet pour *Audace Design*, Ste-Anne-des-Monts

MICHELLE LEPAGE

UN SOUFFLE DE VIE DANS LA NUIT
NOUVELLE

Illustration: JUDITH PAQUET pour Audace Design

Jean-Marie ouvrit la radio. Un solo de blues jouait en sourdine. Depuis son arrivée, il ne réussissait pas à remplir de sa présence cette chambre minable. Il cherchait en vain ce qui pourrait combler ce vide, cette solitude qui lui était devenue insoutenable. Il avait laissé ouverts les rideaux. La ville pénétrait dans cette minuscule chambre d'hôtel et projetait sur ces murs des jeux de lumières colorées.

Ce matin, comme à son habitude, il se leva au signal sonore de son réveil. Il était 7 heures. Il se dirigea immédiatement vers la salle de bain, passa sous la douche, se brossa les dents et revint enveloppé dans sa robe de chambre. Il prit des vêtements propres dans le placard: une chemise blanche, un veston bleu marine et un pantalon gris. Il choisit une cravate rouge pour compléter son ensemble et devant son miroir, il la noua à son cou avec aisance. Il avait exécuté ces gestes des milliers de fois, songea-t-il un instant. Mais, ce matin n'était pas tout à fait comme les autres jours. La veille, il avait prévenu son supérieur qu'il s'absenterait de son travail. Pour la première fois depuis vingt-cinq ans, ce jour lui appartenait, c'était aujourd'hui ou jamais qu'il se détacherait de ce monde qui l'étouffait depuis tant d'années.

Il était maintenant 9 heures. Après un déjeuner léger, Jean-Marie sortit du dessous de son lit une vieille valise en carton rigide. C'était une valise aux coins arrondis et recouverts de ferrures qu'il avait reçue en cadeau à ses dix-sept ans, lors de son départ pour le collège. Elle était devenue une partie de sa jeunesse qu'il avait toujours voulu conserver. Il prit son paletot qu'il plaça sur son bras et tendit sa main libre vers sa petite valise qu'il empoigna en passant près du lit. Celle-ci glissa sur le couvre-lit en le froissant et elle tomba à son côté. Il quitta son appartement. Au dehors, le ciel était couvert et l'air était vif.

Depuis son réveil, il était surpris par cette détermination et cette vigueur qu'il ne se connaissait pas jusqu'alors. Toute sa vie, une force intérieure l'avait dominé, brimé et humilié. Cette force était venue, un beau matin, sans prévenir et jusqu'à maintenant, Jean-Marie se battait inlassablement contre elle. Il avait essuyé d'innombrables revers. Elle semblait indestructible et durant toutes ces années, il n'avait toujours pas trouvé la faille qui lui permettrait de la vaincre. Peu à peu, elle s'était installée en lui, l'avait envahi, l'avait enveloppé, comme pour l'étouffer. Ce matin, pareil aux autres matins, était un jour de combat. Il avait tout prévu et il espérait que la chance allait enfin tourner.

Il partit sans but bien précis; il déambula çà et là dans les rues. Après des heures interminables, il parvint de l'autre côté de la ville, dans un quartier qu'il ne connaissait pas. Il se retrouva en face d'un vieil hôtel délabré. Il fit les cent pas, hésita quelque peu, puis marcha vers l'entrée principale. Il entra. Jean-Marie se dirigea vers un homme âgé, posté derrière un comptoir. Celui-ci était plongé dans la lecture de son journal qu'il poursuivit sans se soucier de l'arrivée du client. Jean-Marie se dérhuma. Le vieil homme leva les yeux au-dessus de ses lunettes d'un air interrogateur. Avec des hésitations dans la voix, Jean-Marie lui dit qu'il voulait louer une chambre. Le vieil homme lui marmonna de prendre une fiche sur le comptoir et de s'inscrire. Au moment où il complétait son inscription, il se sentit observé et cela le rendit mal à l'aise. Il jeta un regard sur l'homme de l'hôtel qui le dévisageait d'une manière suspecte. Jean-Marie baissa aussitôt les yeux. Ayant terminé, il déposa son stylo sur le comptoir, régla rapidement le coût de la chambre et demanda sa clé. D'une manière nonchalante, l'homme allongea le bras vers un tableau situé à sa droite, choisit une clé, la tendit à son client et sans un mot, lui fit signe de la tête qu'il pouvait maintenant monter.

Au bout du corridor très sombre, il trouva un vieil ascenseur qui, au premier coup d'œil, ne lui inspira guère confiance. Il y monta. Dès le début de son ascension, il pensa bien demeurer coincé entre les étages car le vieil engin râlait et toussait. Aux moindres soubresauts, Jean-Marie tremblait et comme pour vaincre sa peur, il s'adressa à l'ascenseur en lui criant de prendre courage. Mais en vain. De palier en palier, progressant difficilement, le vieil ascenseur arriva à grand-peine au huitième étage. Quand tout s'immobilisa et que la porte de l'ascenseur s'ouvrit, Jean-Marie laissa échapper un soupir de soulagement. Il jeta un regard sur le numéro de sa clé, prit sa valise qu'il avait posée à ses pieds, relut son numéro de chambre et sortit enfin de la mécanique esquintée. Il tourna vers la gauche, les numéros décroissants allaient bientôt le conduire à celui de sa chambre située à l'autre extrémité du couloir. Sur une vieille porte, il lut 808 et remarqua que le dernier numéro ne tenait que par un clou, il avait basculé et pendait piteusement plus bas que les deux autres chiffres. Il mit la clé dans la serrure, la tourna et le pêne glissa, permettant de dégager la porte qui alla s'immobiliser contre le mur. La chambre dans la pénombre lui sembla terne. Jean-Marie pénétra à l'intérieur. Il poussa la porte derrière lui mais celle-ci alla à nouveau s'abattre contre le mur. Il dut donner un tour de clé, ce qui permit à la porte de tenir fermée. Dans l'ombre, laissant glisser sa main sur le vieux papier peint, il trouva l'interrupteur et une lumière timide jaillit dans la chambre. Laissant courir un peu partout des ombres, le faisceau lumineux venait d'une petite lampe sur un bureau. Sur le lit gisant au milieu de la pièce, reposait un couvre-lit marqué par les nombreuses nuits de ses clients. Une table de chevet d'un brun sombre et une vieille armoire dont la porte pendait dans le vide complétaient l'ameublement.

Il avança vers le lit et y déposa son paletot et sa valise. Puis, il se rendit vers cette grande fenêtre qui trouait le mur et il s'immobilisa devant celle-ci. Il aimait bien regarder l'activité qui se déroulait en bas. De ce huitième étage, il constata pour la première fois la petitesse des êtres. Il lui semblait regarder un jeu d'enfants avec des bandes noires symbolisant les rues et des voitures miniatures roulant en tous sens. Tout ce qui lui paraissait si gigantesque et si angoissant quand il se trouvait en bas, se révélait n'être qu'un univers dérisoire. Il prit une cigarette et lorsqu'il aspira une bouffée, son visage s'éclaira dans la pénombre. Il songea que sa vie ressemblait à cette fumée qui s'envolait.

Il faisait déjà nuit quand Jean-Marie sortit de ses pensées. Il tira une chaise qui se trouvait juste à sa gauche mais lorsqu'il voulut s'asseoir, elle se mit à craquer et à chambranler. Il plaça ses mains sur le bureau et sans bouger, son regard se fixa sur elles. Il les observa. Elles étaient minces et blanches; ses doigts effilés, aux ongles bien taillés, leur donnaient une allure noble, mais il crut, l'espace d'un instant, qu'elles étaient le reflet de sa faiblesse de caractère. Il voyait dans ses mains sa vie, une vie bien rangée et même austère où il n'y avait pas place pour l'inattendu car il ne s'adaptait que difficilement à elle.

Après une trentaine de minutes d'immobilité, Jean-Marie ouvrit le tiroir du bureau. Il y trouva du papier identifié au nom de l'hôtel. Il le sortit et se rendit compte qu'il était tout jauni. Il devait y avoir belle lurette qu'il avait été déposé là. Il voulait concrétiser par écrit ce que cette journée signifiait pour lui. Depuis un bon moment, il traçait des mots mais cela ne traduisait pas ce qu'il voulait dire. Il faisait des tas de ratures puis chiffonnait le tout. Mais, il recommençait inlassablement. Après un certain temps, une question insidieuse lui surgit à l'esprit. Sa plume s'arrêta brusquement d'écrire, on n'entendit plus le crissement de celle-ci sur le papier jauni. L'envahisseur était là qui l'étouffait, qui le brimait dans sa liberté. Il se leva et poussa avec rage la chaise en laissant tout sur le bureau. Il se mit à tourner en rond. La colère montait en lui. Il ne se laisserait pas conduire encore une fois par cet emmerdeur qui décidait tout pour lui. Il le sentait de plus en plus près. Que pouvait donc signifier une telle existence puisqu'il n'avait pas su la partager avec les autres. Au fil des ans, ses amis d'enfance s'étaient dispersés et il s'était retrouvé seul face à lui-même, la routine du quotidien s'étant infiltrée de manière sournoise dans sa vie. A chaque matin, il partait à la même heure pour un travail pour lequel il n'éprouvait aucune ambition ni aucun entrain; il était devenu un petit commis sans prestige. Il faisait face à la vie tel un prisonnier qui doit purger sa sentence à perpétuité. Depuis sa jeunesse, il était condamné à vivre sous la domination constante de ce ravisseur qui s'était emparé de lui. Jean-Marie s'était toujours senti manipulé, à un tel point que cela était devenu une obsession.

N'ayant cessé de tourner en rond, tel un animal en cage, Jean-Marie s'arrêta brusquement, le regard vague, les mâchoires tendues, les poings serrés. Il retourna s'asseoir à son bureau. Il glissa sa main dans la poche de son veston, lentement, avec précaution, il en sortit une arme. Il jeta un bref coup d'œil sur les feuilles qu'il avait écrites et cela l'irrita. Tout autour de lui, un tas de feuilles froissées jonchaient le vieux tapis miteux.

Il y avait si longtemps qu'il songeait à en terminer avec la vie, à en terminer avec cette sentence. Son caractère indécis lui avait toujours fait faux bond et comme son existence avait été conduite par cet autre, il arrivait difficilement à prendre une telle décision. Il n'avait jamais appris à être quelqu'un d'action.

Depuis des années, il préméditait son suicide; en tout cas, il avait eu tout le temps nécessaire pour bien imaginer et préparer la manière de le faire. Il avait choisi le pistolet car il croyait que cela ferait plus noble et que, de cette façon, il pourrait mourir honorablement. Il avait caressé de nombreuses fois le métal froid du canon comme s'il voulait qu'au moment fatal, sa tempe ne ressentît plus cette si étrange impression de froideur. Il plaça le canon sur celle-ci. Il fut saisi par un frisson qui lui passa dans tout le corps. Jean-Marie respira profondément comme pour se raccrocher à sa décision. Sa main se mit à trembler, des sueurs froides envahirent son visage. Il prit à nouveau une bouffée d'air, il avait peine à respirer. Il songea que c'était cette fripouille qui provoquait sur lui ces réactions et qu'il devait combattre de toutes ses forces cette domination. Son cœur se mit à battre la chamade; ses jambes prises de tremblements saccadés avaient peine à le soutenir. Le pistolet lui semblait de plus en plus lourd mais cette fois-ci il allait résister. Jean-Marie persistait à pointer l'arme sur sa tempe. Durant toutes ses répétitions, il avait dirigé chaque mouvement d'une main de maître et avec un grand contrôle de lui-même. Dans son scénario, il n'avait pas prévu que la réalité puisse être tout autre et qu'un tel geste contienne autant d'émotions.

Brusquement son corps se raidit, son regard vide se fixa, sa respiration haletante s'était enfin ralentie et le flux sanguin avait diminué à ses tempes. Il était prêt. Il ferait pour la première fois de sa vie ce qu'il avait décidé. C'était sa volonté. Il sentit qu'il reprenait le contrôle, une sensation de force et de fierté lui fit davantage raidir son corps. Il s'apprêtait maintenant à exécuter son geste, ce geste qu'il avait tant de fois répété. Le moment était crucial. Jean-Marie reprit son souffle et le retint comme pour se donner du courage. L'arme bien dans la main, il déposa son doigt sur la détente. Au moment où il s'apprêtait à appuyer sur celle-ci, il entendit une détonation. Son bras s'abattit lourdement à son côté. Son sang ne fit qu'un tour et une froideur mortelle envahit tout son corps. Fou de rage, ne sachant trop ce qui se passait, il se mit à crier dans la pièce. Qui pouvait bien s'être permis d'intervenir encore une fois dans le cours de sa vie, s'interrogeait-il. Tel un fou, il se mit à gesticuler et il commença à courir dans toutes les directions. Il se précipita hors de la chambre; dans le corridor sombre, il partit à la recherche du trouble-fête en tendant l'oreille au moindre bruit suspect. Il allait toujours en tous sens en tenant sa tête entre ses deux mains.

Jean-Marie ne pouvait plus accepter cette situation et cette vie. C'en était trop. Le visage livide, le regard affolé, il allait et revenait sur ses pas en poussant des cris d'hystérie. Il se retrouva devant une porte entrouverte qu'il poussa de la main et fit irruption dans une chambre très peu éclairée. A l'instant même, il cessa de hurler sa douleur.

C'était la nuit. Un corps gisait sur le sol et il s'en approcha lentement. Tout d'un coup, il blêmit. Il s'accroupit près de ce corps i-nerte. Le macchabée était allongé de tout son long. Il se mit à parcourir d'un regard in-crédule ce corps sans vie; ses yeux scrutateurs se posèrent sur le visage du cadavre. Il fut terrassé par ce qu'il voyait puisqu'il se trouvait devant son propre corps.

MICHELLE LEPAGE

Dessin par Germain Lafleur, Caplan, *artiste multidisciplinaire*

MARTIN THIBEAULT

AMERICASH
NOUVELLE

Illustration: GERMAIN LAFLEUR

I

— Oui, un sous-marin poulet bacon s'il te plaît.

— Est-ce que vous désirez quelque chose à boire, monsieur?

— Un café. Noir, avait-il répondu à la serveuse.

Blue-jean, cuir fin et veston de lin, monsieur América venait d'entrer en scène. Il m'épiait sans me regarder, moins que moi-même dans mon délire analytique, caché sous ses verres fumés et son imposante stature de liberté. D'un geste répété des centaines de fois, il remit un billet à la caissière et, sans attendre la monnaie, tourna les talons. L'étalon. L'air de novembre me caressa le dos en crispant peu à peu les doigts pour bien m'écorcher de ses ongles. On entendit longtemps, se perdre entre les murs rouges et gris, l'écho de ses sabots refroidir un peu plus son silence. Le silence.

D'un trait, dans mon calepin, je pris note de l'affaire. Cinq cent une années d'histoire venaient de s'écrire, cinq milliards d'hommes venaient de naître. Je rangeai mon crayon, les connaissants sont muets.

II

En sortant de la buanderie, j'entendis un homme et une femme s'envoyer ailleurs qu'en l'air. Un peu comme moi, ils lavaient leur linge sale en public. En plus des vaches, des chiennes et des écœurants de bâtards, il y avait une foule de gens qui attendait le bus. En guise de baluchon, pour transporter deux semaines de vêtements, un drap. Bien arrimé sur mon dos en voie de devenir en compote, il semblait plus lourd qu'à la maison familiale. Douce Gaspésie, comme tu étais loin!

Après avoir subi les trous du dégel pendant quinze minutes, la porte s'ouvrit et je me fis déposer à deux pas et demi du pas de la porte de mon deux et demi. Doucement, je mis la clef dans la serrure, tournai la poignée et merde! ma chatte qui se sauvait dans la rue. A sa rescousse, je m'élançai: un, deux, trois bonds pour gagner le plancher des vaches. Je me penchai pour ramasser Demoiselle.

— Vous n'avez rien, très chère?

Et je grimpai le colimaçon aussi rapidement que je l'avais descendu. Rambo n'en aurait pas fait autant; il se serait tailladé un mollet avant même d'avoir sauvé la belle. Vive le cinéma d'ici!

Je n'eus pas le temps de suspendre mes dentelles qu'il y avait quelqu'un à la porte.

— Entrez, m'écriai-je, la bouche pleine de pinces à linge, c'est ouvert.

Je m'étais égosillé pour rien; c'était Fred, il n'avait pas l'habitude de se gêner.

— Alors mon vieux, me dit-il en écartant mes chemises de sa vue, ça marche?

— Pas si mal.

— Ah bon!

Et il fit son inspection de routine.

— Tu ne me demandes pas comment je suis venu?

— Comment je suis venu?

— En auto.

— Ah!

— Ah! C'est tout!

— Quoi, c'est tout?

— Je viens de m'acheter une auto, mon homme, réveille un peu!

— Tu sais, moi et la mécanique...

— Ah! c'est vrai, monsieur est de la NGO (nouvelle génération ozonée) vive les sandales et la bicyclette! Automobilistes, méchants pollueurs, piliers du temple capitaliste, laissez-nous respirer et allez voir ailleurs si nous y sommes!

— C'est ça, panique un peu.

Et blablabla il me sermonna, me disant qu'il allait réussir dans la vie et que l'avenir en lettres et en arts c'était au mieux un emploi comme figurant dans un film de Vision Mondiale. Lui qui rêvait de devenir biologiste, l'administration lui avait vraiment pollué l'intérieur. Consomme toujours, vivra bien qui vivra le dernier.

Je lui montrai mes derniers croquis. Il aimait bien les nus.

— Ça ne les gêne pas ceux et celles qui font ça devant quinze ou vingt débalancés comme toi?

— Non, mon petit cochon qui ne pense qu'aux tétons!

— Dis donc, Ram-Rim-Bo-bino, on fume un brin?

C'était la même histoire chaque semaine: le septième jour, le créateur vit que tout ce qu'il avait fait était bon. Il se reposa en fumant les herbes du jardin d'Eden.

*

C'était toujours plein à craquer les samedis soirs, on aurait cru que les gens étaient en prison six jours sur sept. C'était peut-être le cas à bien y penser. Comme des moutons ils arrivaient vers 23 heures, laissaient leurs manteaux au vestiaire et couraient en direction du bar. Moi, je gardais le mien toute la soirée et je buvais des grosses. Disons que mon endettement personnel était proportionnel au déficit de ce beau pays où il fait si bon vivre. Tout le monde est heureux et libre au Canada. Il y a les Rocheuses, les plaines, les forêts et beaucoup de grizzlis. Mon père est bûcheron, ma mère est morte et le toit de notre cabane coule lorsqu'il pleut très fort.

Oui, les moutons. Ils avaient de belles vestes de laine et bêlaient tous très bien. Ils connaissaient une dizaine de noms tels Fargue et Dostoïevski, qu'ils utilisaient au maximum, mais restaient peu loquaces dans l'ensemble. Une fois la banque de scrabble épuisée ils se taisaient et écoutaient. Tout le monde écoutait ici, tout le monde écoutait tout et tout le monde, mais personne n'entendait rien. On voyait des lèvres bouger, un sourire perdu et des yeux. Oui, des yeux il y en avait. Des yeux bruns, des yeux bleus; ils étaient tous noirs, tous vides. Ils regardaient, mais ne voyaient rien. Ils s'écoutaient mais ne s'entendaient pas.

Fred arriva à l'heure pile: vingt minutes en retard. Parmi la foule, sa chemise bleu ciel caractéristique m'avait permis de le reconnaître. Il était méconnaissable, avec les cheveux courts.

— Pourquoi t'as fait ça?
— T'aimes pas?
— Vraiment, l'administration...
— Quoi?
— Laisse faire, j'adore...

A vrai dire, c'était quand même bien. Ça lui donnait un air civilisé, presqu'américain... A ces mots, le véritable m'apparut: une tête, des yeux noirs et des oreilles de mouton. Plusieurs mois, plusieurs années et je l'aurais reconnu parmi des millions. L'initiateur des temps modernes revenait dans le décor. Il n'avait pourtant rien découvert, il s'était subi, voilà tout. Assumez-vous et tout ira bien, assumez-vous en tant que fou. Il progressa lentement vers le comptoir en laissant un sillage qui se referma aussitôt. On le remarquait un peu partout dans la pièce, comme les autres on le laissa rapidement s'occuper de ses problèmes personnels. Problèmes d'impersonnalité, comme les autres.

Longtemps, point par point, j'analysai son cas, son état cinquante-deuxième. Je le vis faire cul sec et embrayer sur-le-champ vers la sortie. Je me levai pour faire de même. Fred, qui m'entretenait de propos passionnants, me lança un cri. Je n'avais pas le temps de lui causer de mes intentions, je ne répondis rien.

Le temps que je mis à me frayer un chemin au travers du troupeau me le fit perdre de vue. J'atteignis l'extérieur, pris une bonne bouffée d'air presque frais et tentai de découvrir où il était parti. J'entendis des pas, rapides et cadencés, et l'aperçus dans le parc de stationnement. Il embarqua dans une

AASCIF (automobile d'allure sportive coûteuse, impulsive et fragile) et démarra en trombe. Cela confirmait mes hypothèses de psychanalyste national.

III

Dlmmjv

Excréments sur le mur de la chambre,
Un autre avant moi est passé.
Sensible aux échos nocturnes,
Réponds d'une main malhabile:
«Puisse le ciel t'aider mon frère,
Que dis-je,
Mort, tu l'es déjà».

*

Je pris plaisir à revenir jouer à Hercule Poirotte chaque samedi à minuit. Avril tirait à sa fin quand il réapparut au début d'une soirée particulièrement calme. J'étais accompagné de mon ombre. Comme la dernière fois, il alla d'un pas assuré vers le bar pour s'abreuver avec les autres bêtes. Cependant, au lieu de faire le guet, il s'assit face aux reflets des bouteilles dans la grande glace. Il regardait fixement l'iceberg dans son verre, tout en gardant la tête haute et les épaules bien droites. «Je jure de faire honneur à mon pays». Il resta dans cette position le temps de s'engourdir les idées et les jambes, puis décida qu'il était temps d'aller faire une balade.

Je restai plus d'une heure en espérant son retour. Je n'étais pas pressé; je savais qu'il allait revenir nous voir. «En Dieu nous avons confiance». Il entra. La salle, comme les gens, s'était remplie; il était dans son élément. Il entreprit une conversation avec un mannequin dont la toilette était très à la mode et particulièrement absente, mais fut rapidement kidnappé par deux autres Vénus vêtues d'éther. Décidément, il avait beaucoup plus d'amis qu'on aurait pu le croire. Je le croyais. Cette partie de rugby bien engagée allait sûrement se poursuivre toute la nuit. Il n'y avait donc plus rien d'instructif à faire ici et je me résignai à devoir continuer les recherches une autre fois. En faisant un crochet par les cabinets, je fis cependant une dernière découverte: je compris le motif des safaris en ville de mon sujet. J'appris qu'étant atteint de la fièvre chronique des bars, il devait se rendre à la pharmacie tous les soirs. Cette MTS (maladie transmise socialement) par excellence devait aussi avoir contaminé ses amies. C'est pourquoi elles avaient, comme par hasard, eu envie de pipi en même temps. Je les vis entrer ensemble chez les dames en sortant de chez nous. Je rentrai chez moi.

*

Samedi

— Ça fait longtemps déjà Monsieur América, la terre tremble, cachez-vous. Avez-vous déjà vécu dans une salle de bain?

Il est maître de la pluie et du beau temps. Quand, les jours de pluie, il cherche un peu plus de sud-ouest, il enfile ses bottes et son long manteau de cuir, pour braver eau et vent à la recherche de tempêtes de neige. Froides.

IV

Il devait être sept heures quand j'entendis crier mon nom. J'eus tôt fait de reconnaître

l'appel du guerrier revenant des croisades:
Fred.

— Debout mon ami! L'avenir appartient
à ceux qui tirent le soleil du sommeil. Et il
éclata de rire.

Il avait le front ouvert sur plus de deux
centimètres et du sang séché sur tout le côté
droit du visage.

— Il était un petit navire...

— Mais qu'est-ce qui t'est arrivé?

— Qui n'avait ja-ja-jamais navigué.

— Tu est soûl comme une grive. Tu t'es
bagarré?

— Tu n'aimais pas ma voiture, alors ré-
jouis-toi mon ami! Et il s'étouffa de rire une
seconde fois avant de se mettre à crier et à
pleurer de façon hystérique.

— Merde! qu'est-ce que j'ai fait...

Le capitaine Haddock avait abusé du
whisky et le Karaboudjan avait fait naufrage.
Il n'avait cependant pas percuté un récif, mais
bien une falaise: une dame qui marchait dans
la rue.

— J'ai paniqué, tu comprends! Je suis fou.

Et il s'assomma en se frappant la tête contre
mon lit. Il ne manquait plus que ça. Il avait
déjà le front assez amoché, s'il fallait que ça

se remette à saigner. Je fis un pansement avec deux rouleaux de bandes de gaze et l'installai sur le lit. Il y dormit tout l'avant-midi.

*

— Les flics! Tu es complètement cinglé!
— Si tu veux éviter la tôle mon homme, je te conseille d'y aller au plus vite.
— La tôle?
— Certainement! Conduite en état d'ébriété et délit de fuite, tu vas en prendre pour un bout.

Sur ce, il resta coi. C'était la meilleure option, à vrai dire il n'avait pas vraiment le choix. Une heure plus tard, il s'y résigna.
— Tu crois vraiment que je mérite d'être enfermé?

V

Elle s'en tira avec une hanche cassée; il devait s'attendre à passer quelques mois en dedans. Il me rendit visite une dernière fois à la mi-mai, avant que sa sentence ne soit prononcée. Nous prîmes quelques bières pour noyer l'événement. Je partais dans quatre jours pour aller à la maison et passer la belle saison. Ce fut une raison de plus pour siroter et sangloter un bon coup.

Vers sept heures, cette heure, pour clore cette nuit blanche et grise, nous allâmes prendre l'air. Après une longue marche en silence, — nous arrivâmes sur le pont J.C. (Jack Canada). Le ciel était couvert, l'atmosphère n'en était qu'égayée.

— Si je me jetais dans le fleuve, je serais sûrement chez moi avant la fin de la semaine.

— Tu parles d'une bonne idée! Tu économiserais une centaine de dollars de transport et ça te permettrait de venir me rendre visite en juillet.

— J'y songerai. Allez viens, on rentre.

J'étais encore sous l'effet du nectar divin, mais ce que je vis à ce moment me sembla bien réel: à une trentaine de mètres de nous, la brebis perdue dans les serres de l'aigle royal. Fred ne la remarqua pas.

— On rentre oui ou non?

— Oui, oui, j'arrive.

Et je tournai la tête comme elle me suppliait du regard.

*

L'appel

Oui, je l'ai vu
Crier au ciel les poings fermés,
Devant le sang,
Derrière le temps,
Devant cette eau
Trop grise, trop froide.

Tout était beau,
Bien fait et propre,
Dans le silence,
La grâce des anges.

VI

Avant de m'embarquer pour cet interminable périple vers l'est qui devait me mener jusqu'au bout du monde, je passai chez le vétérinaire; Demoiselle supportait mal les longues distances et avait besoin de somnifères. On l'installa avec les bagages malgré tous les excellents arguments que j'avais donnés au chauffeur pour la garder avec moi. J'avais tout essayé mais personne ne semblait sensible à ma cause. Les autres passagers commençaient même à s'impatienter et voulaient voir celle-ci reléguée au rang des marchandises. Pauvre petit quadrupède sans défense!

Je pris place à côté d'une jeune femme qui me parla de ma belle d'un ton papelard. Heureusement, elle se tut quelques minutes plus tard pour entreprendre la lecture d'un best-seller intitulé «1881, mini-série bientôt à l'affiche dans votre salon». Comme je n'avais rien prévu de tel pour tuer le temps durant le voyage, je dus me contenter du journal de la veille laissé à ma gauche sur la banquette. Je ne fus pas surpris d'y apprendre, dans le milieu d'un article en page cinq, le nom et l'âge de mon patriarche fait brebis, M. América cinquante-deuxième de son état.

MARTIN THIBEAULT

Dessin par Normand Desjardins, New Carlisle, *graphiste impressionniste*

MARC-ANTOINE CYR

HENRY PATETIK
NOUVELLE

Illustration: NORMAND DESJARDINS

I

Les dernières ombres obscures de la nuit se confondirent avec les premières lueurs de l'aurore. Instant magique, irréel, hors du temps, dernier combat des ténèbres et du jour, moment transitoire durant lequel on se croit seul au monde. Et pourtant... Ce matin, dans un brouillard dense et spectral, j'erre, tandis que mon petit village — dont j'ignore le nom — sommeille encore. J'erre donc, sans but, solitaire, heureux, si je puis dire, puisque l'aube procure toujours cette légère impression d'un bonheur sans équivoque. Perdu dans des rêveries folles, au détour d'un sentier, je m'éveillais au monde avec en tête l'idée d'un recommencement, essayant de m'imaginer une existence plus grande malgré mon ignorance de l'univers. Rêve éveillé? Je ne peux le dire. Pourtant, en apercevant l'astre de feu qui perçait timidement les nuages, je me disais qu'aujourd'hui était un jour de promesses. Etrange prémonition... Tout égaré que j'étais dans mes idées pleines d'emphase, obnubilé par ces pensées tout à fait incongrues pour quelqu'un de mon âge, je n'entendis pas tout de suite la mystérieuse rumeur que l'écho offrait à mon ouïe d'habitude aux aguets. Le doux silence de la première heure était soudain rompu par un bruit confus, une mélodie, d'abord faible, puis de plus en plus forte. Non, c'était impossible... Cette musique angélique et pure, elle était enfouie en moi comme un vieux rêve oublié, et voilà qu'elle refaisait surface avec une telle force que j'en fus chaviré. A son écoute, une ancienne et lointaine douleur se dénouait tout au fond de mon cœur. C'était lui... Il était là! J'avais si longtemps espéré son retour... Le ciel avait entendu ma plainte pendant tout ce temps et se décidait maintenant à apaiser mes vieux chagrins, enfin! Grisé par cette subite joie, je me laissai aller à valser dans la rosée. Plus rien n'avait d'importance, il était revenu! Puis le doute vint prendre d'assaut mon esprit telles les sombres nuées d'avant l'orage. Je cessai net. Il était de retour parmi les siens, soit, mais pour quelle obscure raison? Interdit, je m'avançai vers le village, en quête d'une réponse.

II

La famille Patétik demeurait dans une minuscule maison de pierres grises à l'aspect ténébreux, jalousement cachée par d'épaisses broussailles de ronces et de lierre. «Le tombeau des regrets», comme se plaisaient à l'appeler en chuchotant les mauvaises langues du patelin. Cette famille respirait la tristesse et le dépit. Le père, un ancien combattant un peu sénile, avait le regard éteint, vide d'âme, et traînait jour après jour sa carcasse décharnée en aboyant des «A l'attaque! Gare à l'ennemi! Larguez les bombes!» et autres vestiges du jargon des soldats. Le temps avait fait de lui un fantôme au cerveau embrumé perdu dans un monde dont lui seul détenait la clé. Sa femme semblait porter un deuil perpétuel. Attifée d'une lourde robe noire, courbée de manque d'amour et de labeur acharné, vieillie par d'anciens chagrins, aigrie par l'ignorance du bonheur, renfermée sur son passé trouble, elle laissait s'égarer ses yeux voilés dans des recueils d'idées noires qu'elle se procurait au magasin général. Les larmes avaient au fil des ans creusé de profondes rides sur son visage blafard. Ses mains, froides et sèches comme la mort, témoignaient de l'aridité de son cœur affligé. Leur fille était une petite bombe de rires contenus, incessamment refoulés, et l'on sentait à la faible étincelle restante de ses yeux qu'elle éclaterait de rire, un jour, et que la force de cette explosion d'allégresse comprimée en elle la ferait périr. Mais, pour l'instant, elle s'emmurait dans un mutisme gris et passait sa morne existence à collectionner des fleurs fanées. Même les oiseaux avaient déserté le lugubre domaine des Patétik, repoussés par la constante mélancolie des lieux.

Puis vint Henry, le plus jeune, qui allait laisser sur son passage quelques parcelles de gaieté. Muet de naissance, le petit Patétik était une véritable manne de sourires et de bonté, caractère surprenant dans cette famille. Il distribuait l'amour et la joie avec une telle candeur qu'on aurait dit qu'un rayon de soleil était entré chez les Patétik. C'était comme si un ange était venu se poser chez eux pour leur apprendre à aimer. Très jeune, il dénicha un violon dans la poussière du grenier de la maison, probablement laissé là par quelque lointain ancêtre, et il utilisa le vieil instrument pour communiquer avec ses pairs. Ses mélodies décelaient une sensibilité étonnante, unique, et chacune était empreinte d'un caractère particulier et enfantin conférant à sa musique des émotions, des messages, des paroles du cœur... Dès lors, on sut qu'Henry Patétik était doué pour le bonheur.

A l'époque, je m'étais très vite lié d'amitié avec Henry. J'habitais tout près de chez lui, et je devins peu à peu son confident. Nous avions le même âge, et nous nous comprenions d'un seul regard, sans un mot, sans un geste. Pour moi, l'orphelin, le mal-aimé, la présence d'Henry était un baume, comme les bras ouverts d'une mère. Avec lui, je découvrais le monde d'un œil différent, émerveillé par le jeu d'images qu'offrait l'univers. Pour le voir sourire, j'aurais traversé mers et montagnes. Je le considérais comme un prince...

Mais lorsque Henry eut quatre ans, la famille Patétik, profondément troublée par le bonheur que dégageait leur jeune fils, décida d'exiler ce dernier vers un village lointain, chez une famille capable de tolérer ses sourires. Il partit en serrant son violon sur son cœur, me laissant derrière lui, la larme à l'œil. C'était il y a six ans.

III

Mon ami était de retour au village. J'appris des commères de la place qu'Henry Patétik souffrait d'une mystérieuse maladie et qu'on avait cru bon de le rendre à sa famille avant qu'il ne trépasse. Peut-être le bonheur ne pouvait-il durer en ce monde, me dis-je en me rendant chez lui. J'entrai dans la demeure à pas feutrés. On avait installé le petit Henry dans un lit de bois, et la famille s'était rassemblée autour de lui, veillant sur ce corps fragile. Le silence n'était rompu que par les grotesques reniflements saccadés de la sœur d'Henry qui ne cessait de se moucher dans un énorme linge, et par le tintement régulier de la pendule rappelant l'assaut du temps. Je m'avançai vers lui. Il n'avait pas vraiment changé, son regard était le même, brillant, moqueur, bien que quelque peu assombri par un mal inconnu. Il ne me reconnut pas tout de suite. Il faut dire que j'avais beaucoup vieilli... Ayant compris qui j'étais, il me sourit faiblement, et cette marque d'affection me fit l'effet d'une caresse au cœur, un sentiment de paix m'envahit doucement et je me laissai bercer par cette étreinte intérieure. Sa présence me touchait et calmait ma peine.

Monsieur Patétik restait dans son coin, le regard vitreux, une main sur la poitrine. J'observais Madame Patétik du coin de l'œil. Dans ses yeux humides, une lueur. Lentement, tendrement, comme on cueille une fleur, elle mit la main de son fils dans la sienne et y déposa un baiser, premier débordement d'amour de son cœur de mère. S'agenouillant près du lit, elle contempla le visage de son fils, son seul fils, puis se mit à murmurer inlassablement, dans un souffle entrecoupé de gémissements, sur un ton de prière: «Henry, Henry, Henry, Henry...» Elle ne le quitta plus jusqu'à la fin.

IV

Au cimetière, je me tins à l'écart. Henry Patétik était mort après avoir interprété une dernière mélodie pour sa famille, un ultime et touchant adieu avant de rejoindre les étoiles.

Entassés tout près de la stèle sur laquelle on avait déposé une rose, ils pleuraient en se tenant main dans la main. Peut-être avaient-ils compris que le bonheur se trouve en nous, qu'il suffit de le laisser s'épanouir. Telle était la leçon d'Henry...

Je les laissai se recueillir sur la tombe, puis je m'avançai, chagriné, et entonnai un déchirant miaulement avant de m'endormir en ron-ronnant près du corps d'Henry, mon ami humain, presque mon frère...

MARC-ANTOINE CYR

Dessin par François Miville-Deschênes, Bonaventure, *graphiste*

FRANCINE LACAS-GAGNON

NOAM

CONTE

Illustration: FRANÇOIS MIVILLE-DESCHENES

Il était une fois un homme. Un homme de cœur. Noam. Noam jouissait d'une générosité peu commune. Un vrai jardin. Inépuisable. Distribuant sans cesse ses richesses. Ses bontés. Ses fleurs. Ses odeurs. Ses couleurs. Noam savait donner. Pour faire plaisir. Et il offrait toujours le meilleur. On ne lui comptait que des amis. Point d'ennemis.

Pourtant, un jour, Noam a dû tout quitter. Tout. Même sa santé. Il achevait un parcours. Il arrivait au bout de sa vie. Au sommet de sa montagne. Impossible de retourner en arrière. La vie, ça va droit devant. Jamais derrière. Noam en était conscient. Mais il ignorait toujours comment s'y prendre pour continuer. Pour avancer. Pour passer là-haut. Seul, il cherchait. Autour de lui, un désert. Rien. Pas d'arbres, ni de ruisseau, ni d'herbe verte. Rien que le silence de la roche. Couché sur le sol, il scrutait le ciel. Il se reposait. En en lui-même, il pensait.

— Qui m'indiquera la route de l'éternité? Qui me conduira en chemin d'au-delà?

Au même instant, il apparut dans le firmament un oiseau d'une telle beauté qu'il n'en avait jamais vu de pareil. Il volait au-dessus de lui. Juste pour lui. Noam l'appela.

— Bel oiseau, qui es-tu pour me rejoindre ici dans ma solitude? As-tu quelque message pour moi? Un secret peut-être?

Et l'oiseau, sans se fatiguer, dégageait son plumage, s'ouvrait les ailes tout en exécutant des arabesques, comme dans un ballet, avec grâce.

— Mille fois merci, lui lança Noam. Ta danse me plaît. Comme j'aimerais me retrouver avec toi en plein vol. Je me libérerais volontiers de ce corps malade qui me pèse tant, qui me fait si mal.

Et pour toute réponse, l'oiseau répéta sa danse, une, deux, trois fois. Pour le consoler. Puis, sans avertir, dans un vif élan d'envol, il disparut derrière l'épaule de l'horizon.

— Non, ne pars pas, protesta Noam. Reste encore un peu...

Noam se sentit abandonné. Esseulé, il

pleura sa détresse. La nuit tomba. Epuisé, vidé de lui-même, Noam s'endormit. Il s'enfonça dans un rêve où il reconnut l'oiseau qui s'approchait de lui. Quelle ne fut sa surprise de l'entendre, de lui causer.

— Bonjour, s'empressa de répondre Noam. Quel plaisir de te revoir!

— Quel plaisir! renchérit l'oiseau. Mais cette fois, je suis venu te chercher. On t'attend par-delà le zénith. Ne l'oublie pas. Une fête s'organise pour toi. En ton honneur!

— Vraiment? interrogea Noam. Mais comment pourrais-je m'y rendre?

— Rien de plus facile! Tu n'auras qu'à me suivre, précisa l'oiseau.

— Te suivre? s'exclama Noam. Mais je ne vole pas, moi. Je suis Noam. Un homme.

— Alors Noam, sache que toi aussi, tu as des ailes, bien cachées au fond de ton cœur. Trop souvent, hélas, elles languissent, coincées par la peur. Mais si tu prends le temps de fermer les yeux, de glisser en toi-même, tu pourras délier, dénouer les nœuds de ta peur. Délivrer ta peur. Et libérer tes ailes!

— J'ai le goût d'essayer. Aide-moi, insista Noam.

— Regarde-moi, poursuivit l'oiseau. Lève

tes bras, comme moi, les ailes, prononce la formule magique: oui, je vole, oui, je m'envole. Et avec la force du «oui», en toute quiétude, élance-toi dans le vide, avec moi.

Ce que fit aussitôt Noam, accompagné de son guide. L'oiseau n'avait pas menti. La promesse de «vie» se réalisa sur-le-champ. Deux ailes «libérées» se déplièrent, s'ouvrirent et s'ajustèrent aux bras de Noam. Tel un oiseau de feu, Noam le Magnifique s'éleva dans l'immensité de l'azur, avec son nouvel ami qu'il découvrait à présent. Le vide devint plénitude...

Ainsi se terminait le rêve de Noam. Ainsi prenait fin sa dernière nuit... Le lendemain matin, au lever du jour, personne au faîte de la colline. Juste un vêtement usé, déchiré par la souffrance, jonchait le sol rocailleux. Et quelque part, un peu plus haut, deux oiseaux du paradis s'amusaient à danser leur liberté. Ils dansaient si bien qu'ensemble, ils dessinaient des arabesques dans le bleu de l'infini. L'un se dénommait Noam, l'autre... Eternité!

FRANCINE LACAS-GAGNON

TABLE DES MATIERES

Présentation, Pauline Cadieux 9

Le mot du Président d'honneur, Gilles Bélanger 11

Entre l'atome et le cosmos, Yves Gonthier 13

Quand la culture se livre..., Maryse Brunelle 17

VERT CRI, Katy Quévillon 21

UN SOUFFLE DE VIE DANS LA NUIT, Michelle Lepage ... 37

AMERICASH, Martin Thibeault 55

HENRY PATETIK, Marc-Antoine Cyr 75

NOAM, Francine Lacas-Gagnon 87

Achevé d'imprimer en novembre 1994 chez

à Boucherville, Québec
00247